LES AUTEURS

Steve Barlow est né à Crewe, au Royaume-Uni. Il a été tour à tour enseignant, acteur, régisseur et marionnettiste, en Angleterre et au Botswana, en Afrique. Il a rencontré Steve Skidmore dans une école de Nottingham. Rapidement, les deux Steve ont commencé à écrire à quatre mains. Steve Barlow vit maintenant à Somerset. Il aime faire de la voile sur son bateau qui s'appelle le *Which Way* (*De quel côté?* en français), car Steve n'a habituellement aucune idée de sa destination lorsqu'il part en mer.

Steve Skidmore est plus petit et moins poilu que Steve Barlow. Après avoir réussi quelques examens, il a fréquenté l'université de Nottingham, où il a passé le plus clair de son temps à faire du sport et à exercer divers emplois d'été, certains épiques, comme celui où il devait compter des croûtes à tarte (vraiment!). Il a enseigné l'art dramatique, l'anglais et le cinéma, avant de faire équipe avec Steve Barlow et de se consacrer uniquement à l'écriture.

Ensemble, les deux Steve ont écrit plus de 150 livres, dont la série *Mad Myths*.

L'ILLUSTRATRICE

Sonia Leong vit à Cambridge, au Royaume-Uni. Membre des Sweatdrop Studios, cette véritable vedette des artistes du manga a remporté tant de prix qu'il serait impossible de tous les énumérer ici. Son premier roman illustré s'intitule *Manga Shakespeare : Romeo and Juliet*.

D1225816

Vis d'autres aventures de héros!

Déjà parus :

Défaite ou gloire
Le chasseur de dragons
Le château des ténèbres
Mission : Espion
Le trésor des pirates
La caverne de la Gorgone

C'EST
MOI LE

HÉROS

La caverne
de la Gorgone

Steve Barlow et Steve Skidmore
Illustrations de Sonia Leong
Texte français de Louise Binette

Éditions
■SCHOLASTIC

Catalogage avant publication de Bibliothèque et Archives Canada

Barlow, Steve
[Gorgon's cave. Français]
La caverne de la Gorgone / Steve Barlow ; illustré par Steve
Skidmore ; texte français de Louise Binette.

(C'est moi le héros)
Traduction de: Gorgon's cave.
ISBN 978-1-4431-3260-2 (couverture souple)

I. Binette, Louise, traducteur II. Skidmore, Steve, 1960-, illustrateur
III. Titre. IV. Titre: Gorgon's cave. Français V. Collection:. Barlow, Steve
C'est moi le héros

PZ23.B3678Cav 2014   j823'.914   C2013-907450-3

Conception graphique de la couverture : Jonathan Hair

Les auteurs et l'illustratrice ont revendiqué leurs droits moraux
conformément à la *Copyright, Designs and Patents Act* de 1988.

Les portraits des deux Steve, réalisés par Paul Davidson,
sont utilisés avec l'autorisation de Orchard Books.

Édition publiée par les Éditions Scholastic,
604, rue King Ouest, Toronto (Ontario) M5V 1E1
avec la permission de Hachette Children's Books.

5 4 3 2 1   Imprimé au Canada 121   14 15 16 17 18

MIXTE
Papier issu de
sources responsables
FSC® C004071

Ton destin est entre tes mains...

Ce livre n'est pas un livre comme les autres, car c'est *toi* le héros de l'histoire. Tu devras prendre des décisions qui influenceront le déroulement de l'aventure. À toi de faire les bons choix!

Le livre est fait de courtes sections numérotées. À la fin de la plupart d'entre elles, tu auras un choix à faire, ce qui t'amènera à une autre section. Certaines décisions te permettront de poursuivre l'aventure avec succès, mais sois attentif… car un seul mauvais choix peut t'être fatal!

Si tu échoues, recommence l'aventure au début et tâche d'apprendre de tes erreurs. Pour t'aider à faire les bons choix, coche les options que tu choisis au fil de ta lecture.

Si tu fais les bons choix, tu réussiras.

Sois un héros… pas un zéro!

Tu vis dans le monde de la Grèce antique, au temps de la mythologie. C'est l'époque d'Héraclès, de Thésée et de Jason; celle de Pégase, du Minotaure et de la quête de la Toison d'or.

Tu es un aventurier. Tu as mené et remporté de nombreuses batailles contre des guerriers et des monstres.

Aujourd'hui, tu es convoqué devant le roi de la cité de Thèbes. Il y a plusieurs années, le héros Persée a tué Méduse, la Gorgone. Mais voilà que la caverne de Méduse est de nouveau hantée par sa sœur, la Gorgone Euryale, et par le monstre Typhon.

Comme Méduse, Euryale a des serpents à la place des cheveux. Son regard est si foudroyant que quiconque la fixe dans les yeux en meurt. Le monstre Typhon, quant à lui, prend la forme d'un serpent à partir de la taille et a des serpents en guise de doigts.

Tu te rends au palais royal pour découvrir ce que le roi de Thèbes attend de toi.

Va au numéro 1.

1

Le roi a l'air fatigué et inquiet, mais il parle d'un ton ferme.

— Typhon et Euryale ont kidnappé la princesse Théia, ma fille unique. Le jour, ils se cachent dans la caverne de la Gorgone, loin dans les profondeurs de la Terre. Mais la nuit venue, ils sortent et parcourent la campagne, tuant et dévorant les hommes, les femmes et les enfants. Bien des héros sont partis affronter les monstres, mais aucun n'est revenu. Tu es mon dernier espoir. Iras-tu dans la caverne de la Gorgone tuer ces monstres et sauver ma fille?

Si tu refuses, va au numéro 22.

Si tu acceptes, va au numéro 35.

2

Le monstre charge au moment où tu dégaines ton épée. Tu t'élances vers Typhon, mais ce dernier est rapide et rusé.

Il tente de t'agripper. Chacun de ses doigts se termine par une tête de serpent dont les crochets dégoulinent de venin mortel. La moindre égratignure te tuerait. Tu sais que tu n'arriveras pas à les esquiver longtemps.

Si tu décides d'attaquer le buste de Typhon, va au numéro 40.

Si tu préfères attaquer ses bras, va au numéro 27.

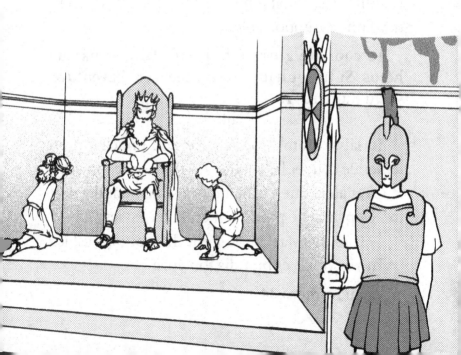

3

Tu vides le sac de provisions que tu as apporté et le remplis d'or et de pierres précieuses.

Mais au moment où tu t'apprêtes à quitter la caverne, une horde de terribles créatures volantes apparaît. Elles ont des ailes de chauve-souris, des têtes de chien et une chevelure de serpents. Ce sont les Furies. Elles ont chacune un fouet pour punir voleurs et meurtriers.

Elles s'agglutinent autour de toi.

— Espèce de rapace! Comment le trésor t'aidera-t-il à secourir la princesse?

Elles te donnent des coups avec leurs redoutables fouets jusqu'à ce que la douleur devienne insupportable.

Ta cupidité a causé ta perte. Tu n'es pas un héros. Si tu souhaites recommencer l'aventure, va au numéro 1.

4

Tu laisses tomber ta lance et ton bouclier pour tenter de couper les chaînes de Théia avec ton épée.

C'est alors que tu entends un sifflement derrière toi. La princesse pousse un cri et ferme les yeux.

— C'est Euryale! hurle-t-elle. La Gorgone est ici!

Tu virevoltes et brandis ton épée.

Va au numéro 34.

5

Tandis que tu traverses le passage, tu entends un gémissement venant d'un peu plus loin. Tu avances avec précaution et découvres un homme blessé portant l'armure d'un guerrier grec.

— Je suis venu secourir la princesse, dit-il, mais j'ai été attaqué par Cerbère. J'ai réussi à lui échapper, mais je suis gravement blessé. Une fois parvenu jusqu'ici, je me suis rendu compte que j'étais trop faible pour continuer. S'il vous plaît, aidez-moi.

Si tu décides de porter secours au guerrier, va au numéro 19.

Si tu penses qu'il est plus urgent de poursuivre ta quête, va au numéro 49.

6

Tu secoues la tête.

— J'irai secourir la princesse, mais je ne crois ni à la bonne aventure ni aux prophéties. De plus, je n'ai pas de temps à perdre pour aller voir l'oracle. Si je veux venir en aide à la princesse, je dois me mettre en route maintenant.

Tu connais l'existence d'un passage menant à la caverne de la Gorgone au nord, par le col d'Athos.

Va au numéro 28.

7

Le monstre rejette sa tête d'âne en arrière et rit.

— Tu implores ma pitié, mortel? brait-il. Le grand Typhon est sans pitié!

Les anneaux du serpent se resserrent autour de toi. Tu suffoques. Tes oreilles bourdonnent et tout devient noir.

Ton aventure est terminée. Si tu désires recommencer, va au numéro 1.

8

Tu allumes ta torche et trouves l'entrée de la caverne à la lueur de sa flamme vacillante.

Tu parcours des tunnels sombres où résonnent le bruit de l'eau qui tombe goutte à goutte ainsi que les cris et hurlements de créatures inconnues.

Ta torche baisse et sa flamme commence à crépiter. À l'instant où elle s'éteint, tu aperçois un passage sur le côté éclairé par une étrange lueur orangée. Tu t'y engages et te retrouves dans une salle où baigne la lueur d'un feu qui brûle dans une fissure de la paroi. Sur une table en pierre, tu découvres une harpe en or, un casque en bronze et un bouclier en argent poli. De toute évidence, il s'agit d'objets magiques. Tu te demandes s'ils sont ensorcelés.

Si tu décides de les prendre, va au numéro 25.

Si tu préfères les laisser là, va au numéro 42.

9

Guettant le moindre geste d'Euryale dans ton bouclier, tu jettes ta lance. Mais Euryale l'évite. Ta lance rate la cible et tombe avec fracas, disparaissant dans l'obscurité.

Euryale glisse vers toi, sifflant triomphalement.

Si tu veux tenter de l'attaquer avec ton épée, va au numéro 23.

Si tu décides d'escalader pour être hors de sa portée, va au numéro 18.

10

Tu restes perplexe devant le message jusqu'au moment où tu te rends compte qu'il s'agit de lettres normales, mais à l'envers. Grâce à ton bouclier que tu utilises comme un miroir, tu arrives à lire le message :

CELUI QUI EMPRUNTE
LE LABYRINTHE DOIT PRENDRE
LE PREMIER VIRAGE À
SA GAUCHE, PUIS LE SECOND
À SA DROITE JUSQU'À
CE QU'IL PARVIENNE
À LA SORTIE DU LABYRINTHE.

Tu souris : tu sais comment faire.

Va au numéro 24.

11

Tu tentes de couper les serpents au bout des doigts du monstre avec ton épée. Tu tranches plusieurs têtes de serpent, qui tombent au sol en continuant de se tortiller et d'essayer de mordre. Mais de son autre main, Typhon t'arrache ton épée.

Si tu décides de tourner les talons et de t'enfuir, va au numéro 33.

Si tu choisis plutôt d'utiliser ta lance, va au numéro 21.

12

Le combat est court et brutal. Grognant de plus belle et montrant les dents, ton adversaire t'attrape entre ses terribles mâchoires. Tu tombes par terre en criant. Les crocs de la bête, tranchants comme des couteaux, s'enfoncent dans ta gorge.

Ton aventure s'achève ici. Si tu veux tenter ta chance de nouveau, va au numéro 1.

13

L'oracle hoche la tête.

— Tu as pris la bonne décision. Ta mission est urgente. Je vais faire venir Pégase pour qu'il t'emmène à Ténare.

Va au numéro 17.

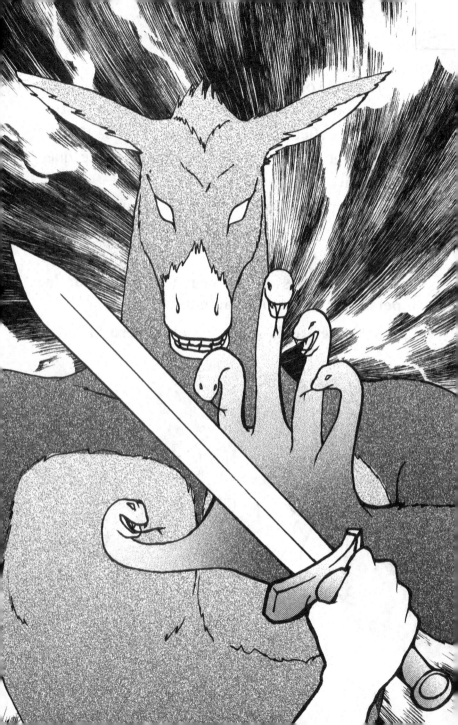

14

Tu peux voir le reflet d'Euryale sur le métal poli de ton bouclier, mais l'affreux regard du monstre n'a aucun effet sur toi. Les serpents sur sa tête se tordent et sifflent lorsque Euryale constate que son pouvoir mortel a été inutile.

Elle a perdu l'effet de surprise et ne veut pas continuer le combat. Elle se réfugie dans une crevasse au milieu des rochers.

Si tu décides de recourir à la ruse pour la persuader de sortir, va au numéro 31.

Si tu préfères la suivre, va au numéro 34.

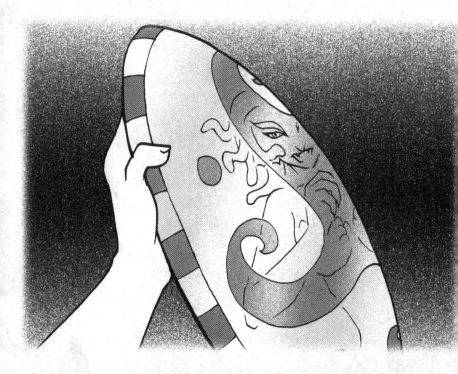

15

Tu atteins un endroit où le tunnel de pierre que tu as emprunté se divise en une multitude de passages. Tu constates que tu entres dans un labyrinthe souterrain.

Si tu souhaites prendre le prochain tunnel à droite, va au numéro 5.

Si tu choisis le prochain à gauche, va au numéro 38.

16

Tu prends la mer, mais une énorme tempête se lève. Les vagues se gonflent et, bientôt, des montagnes d'eau menacent de submerger le bateau. Le tonnerre gronde dans le ciel. Lorsqu'un éclair jaillit, tu aperçois des rochers déchiquetés qui s'avancent dans la mer devant toi. Le capitaine tente de les éviter, mais il est trop tard. Le bateau fait naufrage. Les matelots survivants et toi échouez sur un rivage inconnu.

Va au numéro 39.

17

L'oracle te guide jusqu'au sommet d'une colline non loin de là. Bientôt, tu entends le battement de grandes ailes. Pégase, le cheval ailé, arrive.

Tu t'empares de ta lampe à huile, d'une gourde d'eau et d'un sac de provisions pour le voyage. Tu prends ton épée et ta lance avant de sauter sur Pégase. Vous vous envolez ensemble vers le sud. L'air te fouette le visage tandis que vous survolez des montagnes et une mer constellée d'îles.

Vous vous posez au pied d'une montagne escarpée. Tu descends de ta monture et tapotes le cou de Pégase.

— Merci, mon ami, dis-tu.

Pégase hennit et s'envole.

Tu pénètres dans une gorge étroite au pied du mont Ténare. À mesure que tu avances, le sentier devient lugubre et inhospitalier. Te voilà devant l'entrée de la caverne de la Gorgone. Des bruits étranges te parviennent de l'intérieur : des cris de douleur et de désespoir, de même qu'un rire diabolique qui te glace le sang.

Si tu es déterminé à entrer, va au numéro 8.

Si tu préfères rebrousser chemin, va au numéro 39.

18

Tandis que tu grimpes à la paroi rugueuse de la caverne, tu aperçois une fissure dans les rochers au-dessus de toi. Un rayon de lumière filtre par l'ouverture.

Euryale se moque de toi.

— C'est ça, espèce de lâche! Tu peux t'échapper par là. Abandonne la princesse et sauve ta peau!

Si tu veux t'échapper, va au numéro 39.

Si tu décides de continuer, va au numéro 20.

19

Tu débouches ta gourde et donnes une gorgée d'eau au guerrier.

— Merci, mon ami, halète-t-il. Tu dois me laisser maintenant, car je sens que la mort est toute proche. Mais d'abord, écoute-moi. Avant que je me retrouve sur ces terribles et sombres chemins, un sage m'a expliqué comment sortir du labyrinthe. Prends toujours le premier passage à ta gauche, puis le second à ta droite, et tu sortiras sans encombre.

Les yeux de l'homme blessé se ferment et sa tête retombe en arrière. Il ne dit plus un mot. Tu le laisses et poursuis ta route.

Va au numéro 24.

20

Tu ris.

— Je ne suis pas un lâche, Euryale. Rends-toi et tu auras la vie sauve!

Euryale siffle de rage et commence à grimper derrière toi.

Tu atteins une saillie au bord de laquelle repose un énorme rocher. Tu t'arcboutes contre le mur de la caverne et pousses le rocher avec tes pieds. Tes muscles sont en feu. Tu es ruisselant de sueur. Ton cœur bat à tout rompre. Tu es sur le point de renoncer lorsque le rocher se met à bouger. Tu pousses encore plus fort. Dans un raclement de pierre broyée, le rocher bascule dans le vide. Il est trop tard quand Euryale se rend compte du danger. Le rocher lui tombe dessus. Le monstre est écrasé.

Va au numéro 50.

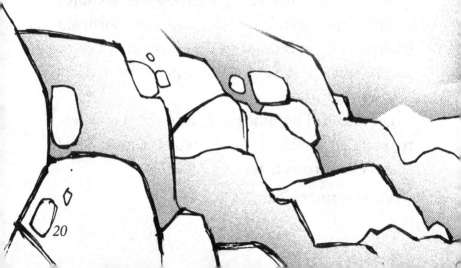

21

Tu sais que tu n'auras qu'une seule chance de jeter ta lance pour vaincre le monstre. Tu esquives ses attaques en attendant l'occasion de riposter. Une chance se présente enfin.

Tu plantes ta lance en plein dans l'œil gauche du monstre. Typhon pousse un terrible hurlement de rage et de douleur. Puis, dans un fracas qui secoue toute la caverne et qui entraîne une pluie de stalactites, il tombe sur le sol, mort.

Va au numéro 26.

22

— Personne ne peut sauver votre fille, dis-tu au roi. C'est une mission pour un fou, pas pour un héros.

Tu quittes le palais. Mais un vieil homme aveugle t'arrête dans la rue. Il agrippe ton bras et dit :

— Celui qui refuse d'aider un enfant en danger n'est pas un héros.

— Comment savez-vous ce que je viens de faire? demandes-tu.

— L'aveugle distingue des choses qui sont invisibles aux yeux de ceux qui voient, répond le vieillard.

Honteux, tu demandes à l'homme ce que tu dois faire.

— Va voir l'oracle. Elle te montrera ta voie.

Si tu décides de rendre visite à l'oracle, va au numéro 44.

Si tu préfères ignorer le conseil du vieil homme, va au numéro 6.

23

Tu t'élances vers Euryale avec ton épée.

La queue du monstre balaie le sol et t'expédie à l'autre bout de la caverne, où tu t'écrases brutalement contre le mur de pierre. Tu es désarmé.

Pour te battre contre Euryale à main nue, va au numéro 41.

Pour grimper hors de sa portée, va au numéro 18.

24

Tu sors sain et sauf du labyrinthe. Au bout, tu trouves deux portes gardées par des squelettes vivantes. Au-dessus figure le message suivant :

L'UNE DES PORTES CONDUIT À L'EXTÉRIEUR DU LABYRINTHE. L'AUTRE CONDUIT À LA MORT.

TU PEUX POSER SEULEMENT TROIS QUESTIONS AUX GARDIENS. L'UN D'EUX NE DIT QUE DES MENSONGES, TANDIS QUE L'AUTRE NE DIT QUE LA VÉRITÉ.

CHOISIS JUDICIEUSEMENT TES QUESTIONS, VOYAGEUR.

Tu demandes au gardien de la porte de gauche où se trouve la sortie. Il désigne la porte qu'il surveille et dit :

— Par ici.

Tu demandes au gardien de la porte de droite où se trouve la sortie. Il désigne la porte qu'il surveille et dit :

— Par ici.

Tu as posé deux de tes trois questions, mais tu n'es pas plus avancé.

Si tu décides de franchir la porte de gauche, va au numéro 30.

Si tu optes pour celle de droite, va au numéro 49.

Si tu préfères réfléchir plus longuement à la question avant de choisir, va au numéro 43.

25

Tu mets le casque et t'empares de la harpe et du bouclier. Au moment où tu quittes la salle, tu constates que tu peux voir dans le noir sans ta torche maintenant que tu portes le casque.

Mais alors que tu tournes au coin d'un passage, tu t'arrêtes net en entendant un grognement qui te glace le sang. Tu aperçois un redoutable chien à trois têtes accroupi devant toi! C'est Cerbère, l'affreux gardien des enfers!

Tu as entendu dire que le chanteur Orphée est déjà parvenu à endormir Cerbère en jouant de la harpe. Mais toi, y arriveras-tu?

Si tu veux tenter de jouer de la harpe, va au numéro 37.

Si tu préfères affronter Cerbère, va au numéro 12.

26

Abandonnant le corps de Typhon, tu poursuis ton chemin dans les profondeurs de la caverne.

Bientôt, tu te retrouves dans la plus grande caverne que tu aies jamais vue. Tout au bout, tu aperçois une jeune fille enchaînée à un pilier rocheux : c'est la princesse Théia. Elle est enchantée de te voir.

— Je savais que quelqu'un viendrait à mon secours! s'écrie-t-elle. Je t'en prie, libère-moi de ces chaînes.

Si tu décides de délivrer Théia immédiatement, va au numéro 4.

Si tu veux d'abord explorer la caverne, va au numéro 47.

27

Tu donnes des coups d'épée en direction des bras du monstre, mais Typhon les garde hors d'atteinte. Avant que tu puisses réaliser ce qui se passe, sa queue de serpent s'enroule autour de toi comme un python. Elle se resserre. Tu suffoques complètement et tu laisses tomber ton épée, ta lance et ton bouclier. Tu ne peux plus respirer. Tu vas mourir étranglé.

Si tu veux tenter de mordre le monstre, va au numéro 36.

Si tu choisis d'implorer la pitié de Typhon, va au numéro 7.

28

Après avoir marché vers le nord, tu arrives dans un petit village de pêche. Tu persuades le capitaine d'un navire marchand de t'aider à franchir la première étape de ton périple. Mais le matin du départ, le temps est menaçant. Les vieux marins assis sur la jetée secouent la tête en guise d'avertissement.

— Une tempête s'amène, dit l'un d'eux. Une grosse tempête. Vous ne devriez pas prendre la mer tant qu'elle ne sera pas passée.

Si tu décides d'ignorer le vieux marin et de prendre la mer, va au numéro 16.

Si tu trouves sage de suivre son conseil et d'attendre, va au numéro 48.

29

Tu découvres une caverne remplie de trésors. De l'or, des diamants et des pierres précieuses jonchent le sol de la caverne et s'entassent au milieu.

Si tu choisis de t'approcher du trésor et de prendre tout ce que tu peux emporter, va au numéro 3.

Si tu décides de laisser le trésor à sa place et de poursuivre ton chemin, va au numéro 15.

30

De l'autre côté de la porte, le tunnel s'élargit. Il n'y a plus de passages latéraux! Tu es sorti du labyrinthe, mais ta quête est loin d'être terminée.

Va au numéro 45.

31

Tu te retournes pour regarder vers l'entrée.

— Oh, non! t'écries-tu. Voilà le monstre Typhon qui s'amène! Je ne suis pas de taille à affronter Euryale et Typhon en même temps.

Euryale ne sait pas que tu as déjà tué Typhon. Croyant qu'il vient lui prêter main-forte, elle sort de sa cachette.

Si tu veux lui jeter ta lance, va au numéro 9.

Si tu veux l'attaquer avec ton épée, va au numéro 23.

32

Tu t'allonges sur les fourrures et t'assoupis.

Mais soudain, tu t'éveilles en sursaut. Quelqu'un chante. Une jeune femme entre dans la salle. Son visage ressemble à un masque, et son regard est vide et sans expression. Tu essaies de te lever, mais quelque chose dans sa chanson t'a rendu très faible de la même façon que ton air de harpe a affaibli Cerbère un peu plus tôt. Tu ne peux pas remuer le moindre muscle.

Horrifié, tu réalises que la jeune femme est une lamie (un effroyable vampire suceur de sang) et que tu es sa victime sans défense.

Tu as échoué. Si tu souhaites recommencer, va au numéro 1.

33

Tu te faufiles entre les stalagmites, cherchant désespérément à t'enfuir. Mais le monstre à la queue de serpent connaît bien cette caverne; en outre, il est plus rapide que toi sur cette surface bosselée. Tandis que tu cours vers la sortie, tu trébuches et tombes. La dernière chose que tu vois, ce sont les serpents venimeux au bout des doigts de Typhon qui tendent vers toi leurs crochets mortels.

Si tu souhaites reprendre l'aventure depuis le début, va au numéro 1.

34

Tu regardes la Gorgone droit dans les yeux.

Le regard d'Euryale est mortel. Tu es instantanément paralysé. L'engourdissement gagne d'abord tes pieds et tes mains, puis se propage le long de tes jambes et de tes bras. Bientôt, c'est tout ton corps qui se changera en pierre; même ton cœur.

Tu es devenu l'une des statues de pierre de la collection d'Euryale. Si tu désires recommencer l'aventure, va au numéro 1.

35

Le roi est ravi.

— Je sais que tu as suffisamment de courage pour t'acquitter de cette tâche, dit-il. Néanmoins, contre Euryale et Typhon, le courage ne suffira pas. Tu devrais consulter l'oracle pour savoir comment vaincre la Gorgone.

Si tu décides de suivre le conseil du roi et de consulter l'oracle, va au numéro 44.

Si tu choisis de l'ignorer, va au numéro 6.

36

Tu baisses la tête et mords avec force la queue du monstre. Tu t'étouffes avec le sang de la créature dont la chair a un goût répugnant, mais tu sais que tu ne peux pas te permettre de lâcher prise. Tu enfonces tes dents encore plus profondément dans la chair.

Le monstre rugit et se déroule. Tu te libères de son étreinte et ramasses ton épée et ta lance.

Si tu souhaites continuer le combat avec ton épée, va au numéro 11.

Si tu préfères utiliser ta lance, va au numéro 21.

37

Alors que tes doigts effleurent les cordes de la harpe, tu constates que l'instrument magique joue tout seul. Cerbère se met à somnoler. Ses grondements cessent peu à peu. Une à une, ses trois têtes tombent mollement. L'énorme chien s'affale sur le plancher de la caverne en ronflant.

Tu poses la harpe, qui joue toujours, près de la tête du monstre endormi. Avec précaution, tu t'éloignes de Cerbère et poursuis ton chemin dans le tunnel.

Bientôt, le passage se divise.

Si tu choisis le passage qui mène en haut, va au numéro 46.

Si tu optes pour celui qui mène en bas, va au numéro 29.

38

Tu découvres une salle avec un étrange message gravé dans le roc :

CELUI QUI EMPRUNTE LE LABYRINTHE
DOIT PRENDRE LE PREMIER VIRAGE À
SA GAUCHE, PUIS LE SECOND À
SA DROITE JUSQU'À CE QU'IL PARVIENNE
À LA SORTIE DU LABYRINTHE.

Tu te grattes la tête. Quelqu'un s'est donné beaucoup de mal pour graver ce message dans le roc, mais tu n'y comprends rien.

Si tu conclus que le message est absurde et que tu décides de l'ignorer, va au numéro 49.

Si tu penses pouvoir le déchiffrer, va au numéro 10.

39

Rien ne pourrait être pire que de poursuivre cette quête cauchemardesque. Tu quittes la scène de ton échec. Tu rentres avec peine à Thèbes, traversant montagnes et déserts. Tu es forcé de vendre tes armes et ton armure pour t'acheter à manger.

Lorsque tu reviens à la cité, tu n'as que la peau sur les os. Le roi te chasse.

— Tu étais un guerrier lorsque tu es parti d'ici, s'écrie-t-il avec colère, mais tu n'es plus qu'un mendiant. Tu as laissé tomber ma fille. Tu m'as laissé tomber. Tu n'es pas un héros.

Ton aventure se termine ainsi. Si tu souhaites recommencer, va au numéro 1.

40

Tu portes un coup d'épée à la poitrine du monstre. Tu atteins ta cible! Mais Typhon n'a qu'une égratignure, et le voilà maintenant furieux. Dans un rugissement, il tente de t'agripper de nouveau. Les serpents au bout de ses doigts sifflent et se tordent en tous sens.

Si tu veux continuer le combat avec ton épée, va au numéro 11.

Si tu préfères te servir de ta lance, va au numéro 21.

Si tu décides de tourner les talons et de t'enfuir, va au numéro 33.

41

Euryale rit.

— Imbécile! Ta pauvre force d'humain ne peut pas rivaliser avec la mienne!

Elle t'arrache le bouclier des mains et t'oblige à tourner la tête et à croiser son terrible regard.

Va au numéro 34.

42

Tu laisses les objets à leur place et retournes dans le passage. À l'extérieur de la salle, tu ne vois plus rien sans ta torche. Cependant, tu entends un bruit de pas feutrés qui s'approchent. Pas de doute, il s'agit de pieds (ou de pattes) gigantesques. Une dangereuse créature rôde dans le tunnel devant toi.

Si tu décides de fuir pendant qu'il en est encore temps, va au numéro 39.

Si tu crois qu'après tout, il vaut mieux retourner chercher le casque, la harpe et le bouclier, va au numéro 25.

Si tu choisis de te battre, va au numéro 12.

43

Tu réfléchis un moment, puis tu penses avoir résolu l'énigme des portes.

Tu t'adresses au gardien de la porte de gauche :

— Si je demandais à l'autre gardien quelle porte mène à la sortie du labyrinthe, que me dirait-il?

— Il te dirait que la porte de droite mène à la sortie, répond le gardien.

— Si vous êtes le gardien qui dit toujours la vérité, l'autre gardien mentirait donc, et la porte de droite mènerait en fait à la mort. Et si vous êtes le gardien qui ment toujours, l'autre gardien me dirait que la porte de gauche mène à la sortie, et il dirait vrai. Dans les deux cas, la porte de droite mène à la mort, tandis que la porte de gauche mène à l'extérieur.

Les gardiens s'écartent, et tu franchis la porte de gauche.

Va au numéro 30.

44

Tu rends visite à l'oracle et lui demandes comment réussir ta mission. L'oracle t'explique qu'il existe deux chemins pour accéder à la caverne de la Gorgone. L'une des entrées se trouve dans la gorge du Ténare, au sud, et l'autre est située dans le col d'Athos, au nord.

— Prends l'entrée sud, dit l'oracle, car c'est le désastre qui t'attend si tu passes par le nord.

Si tu écoutes l'oracle et décides de te diriger vers le sud, va au numéro 13.

Si tu décides de ne pas tenir compte de son conseil et de partir vers le nord, va au numéro 28.

45

Le tunnel s'élargit pour devenir une vaste caverne. Des stalactites pendent du plafond tandis que des stalagmites s'élèvent du sol.

Un rugissement terrifiant résonne dans la caverne. Tu te bouches les oreilles.

Au milieu de la caverne se tient une immense créature dotée d'une tête d'âne, d'un corps d'homme et d'une queue de serpent. C'est le monstre Typhon. Il tend les bras pour te saisir, rugissant, et ses doigts formés de petits serpents ondulent et sifflent.

Si tu veux affronter Typhon, va au numéro 2.

Si tu préfères te sauver, va au numéro 33.

46

Tu pénètres dans une nouvelle salle traversée par un ruisseau. L'eau coule avec un murmure apaisant. Une plate-forme en pierre couverte de fourrures offre un lit confortable. Tu n'as pas dormi depuis longtemps et tu es très fatigué.

Si tu veux rester dans la salle pour te reposer, va au numéro 32.

Si tu quittes la salle et poursuis ton chemin, va au numéro 15.

47

Ignorant les supplications de la princesse, tu prends le bouclier que tu portes en bandoulière et le sangles à ton bras. Tu brandis ton épée et observes la caverne minutieusement, scrutant la pénombre.

Tu entends un sifflement venant d'une salle adjacente. Euryale est là! Tu te prépares au combat.

Si tu décides de la regarder en face, va au numéro 34.

Si tu préfères regarder son reflet dans ton bouclier, va au numéro 14.

48

Écoutant le conseil du vieux marin, tu attends que la tempête se calme. Mais après quelques jours, le vent mugit toujours et la mer est encore agitée.

Tu en viens à la conclusion que tu as besoin de l'aide de l'oracle, et tu lui rends visite.

— J'ai compris que je n'atteindrai jamais la caverne de la Gorgone en bateau, lui dis-tu. Expliquez-moi ce que je dois faire.

— Tu dois voler vers le sud sur Pégase, jusqu'à Ténare.

Tu baisses la tête.

— Très bien.

— Je prierai pour que les dieux te viennent en aide.

Va au numéro 17.

49

Conscient de ne pas avoir une minute à perdre, tu continues ta route. Mais bientôt, tu es complètement perdu dans le dédale de tunnels.

Tout à coup, une volée de grosses créatures semblables à des chauves-souris s'abat sur toi. Elles font tomber ton casque de bronze. Sans lui, tu n'y vois plus rien. Dans l'obscurité, tu trébuches sur un piège et plonges dans un puits apparemment sans fond qui t'entraîne dans les entrailles de la Terre et dans l'oubli.

Ton aventure s'arrête ici. Si tu veux recommencer, va au numéro 1.

50

Tu libères la princesse. Tu l'aides à escalader la paroi de la caverne jusqu'à l'ouverture tout en haut. Une fois à l'extérieur, tu découvres que Pégase vous attend.

Ensemble, Théia et toi montez le cheval ailé et retournez à Thèbes.

Le peuple de la cité est ravi de te voir revenir sain et sauf avec la princesse. On vous porte en triomphe jusqu'au palais, où le roi et la reine te promettent une généreuse récompense.

Tu as rempli ta mission. Tu es un héros!

ARTISTE AU TRAVAIL!

Salut! Je m'appelle Sonia et je signe toutes les illustrations des livres de la collection « C'est moi le héros ». J'œuvre surtout comme artiste du manga et j'anime aussi des ateliers de dessin.

Le travail pour cette collection se divise en trois étapes. Je fais d'abord une esquisse de la scène au crayon. Ensuite, j'apporte les changements demandés et je repasse mon dessin à l'encre. Enfin, j'ajoute des couches de texture pour créer les fonds et les ombres.

Ici, l'esquisse et le dessin final de la section 17 sont côte à côte pour vous montrer les différences de qualité des lignes entre les deux. Comparez les traits du dessin numérisé qui se trouve à gauche avec la partie finale nettoyée qui est à droite : l'arrière-plan est parfaitement net!

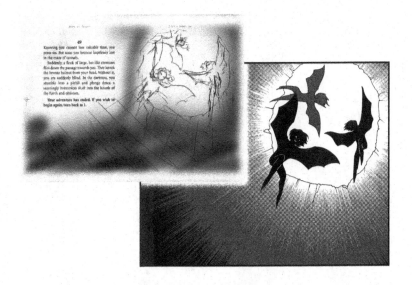

J'ai également inclus ces deux dessins pour vous montrer à quel point les premières esquisses peuvent être grossières. Dans l'esquisse, vous voyez que je n'ai pas perdu mon temps à colorier entièrement le noir et les ombres. À la place, j'ai vaporisé du noir pour donner l'idée générale et je n'ai ajouté les différentes nuances d'ombres que sur le dessin final.